NOTICE

SUR LES

SOURCES FERRUGINEUSES

ET L'ÉTABLISSEMENT THERMAL

DE

FORGES-LES-EAUX

(Seine-Inférieure)

PAR LE Dr CAULET

MÉDECIN-INSPECTEUR DES EAUX,

ANCIEN INTERNE ET LAURÉAT DES HÔPITAUX DE PARIS,

PARIS

ADRIEN DELAHAYE, LIBRAIRE-EDITEUR

PLACE DE L'ÉCOLE-DE-MÉDECINE

—

1867

NOTICE

SUR LES

SOURCES FERRUGINEUSES

ET L'ÉTABLISSEMENT THERMAL

DE

FORGES-LES-EAUX

(Seine-Inférieure.)

A. PARENT, imprimeur de la Faculté de Médecine, rue Mr-le-Prince, 31.

NOTICE

SUR LES

SOURCES FERRUGINEUSES

ET L'ÉTABLISSEMENT THERMAL

DE

FORGES-LES-EAUX

(Seine-Inférieure)

PAR LE Dr CAULET

MÉDECIN-INSPECTEUR DES EAUX,

ANCIEN INTERNE ET LAURÉAT DES HÔPITAUX DE PARIS.

PARIS

ADRIEN DELAHAYE, LIBRAIRE-ÉDITEUR,

PLACE DE L'ÉCOLE-DE-MÉDECINE.

1867

TABLE DES MATIÈRES

FIN DE LA TABLE.

A. PARENT, imprimeur dè la Faculté de Médecine, rue Mr-le-Prince, 31.

Le dernier ouvrage sur les Eaux de Forges, publié en 1845 par le Dr Cisseville, est depuis longtemps épuisé, et il est à peu près impossible de se procurer dans la librairie aucun traité, aucun travail sur ces Eaux. Au moment où l'attention des médecins est plus vivement attirée sur cette importante station thermale, que la mise en circulation d'un nouveau chemin de fer rapproche à quelques heures de Paris, nous avons pensé qu'il ne serait pas inutile et sans opportunité de leur fournir quelques renseignements sur le Pays, ses Eaux minérales et les diverses conditions de la cure.

Tel est l'objet de cette courte notice.

Forges-les-Eaux (Seine-inférieure), mai 1867.

NOTICE

SUR LES

SOURCES FERRUGINEUSES

ET L'ÉTABLISSEMENT THERMAL

DE

FORGES-LES-EAUX

(Seine-Inférieure.)

Historique.

Le bourg de Forges est certainement un des plus anciens du pays de Bray ; divers témoignages drui- diques y constatent la présence des Gaulois, et l'on n'y peut faire un pas sans rencontrer des traces du séjour des Romains. Mais la connaissance des sour- ces minérales auxquelles il doit sa réputation ne date guère que du XVIᵉ siècle. A cette époque, il y avait au bas du village et sur le cours de l'Andelle, deux vastes étangs servant de réservoirs pour faire mouvoir les marteaux des *forges* qui, depuis un temps immémorial, couvraient le pays. Ces deux étangs, presque contigus et communiquant ensem- ble, étendaient leurs eaux sur les fontaines minérales qui en faisaient partie. C'étaient l'étang du Fayel et celui d'Andelle. Vers la fin du xve siècle, les forêts voisines *ayant été toutes consommées pour l'entretène- ment desdites forges*, celles-ci cessèrent d'exercer leur industrie et furent transportées à quelques lieues, à Beaussault ; dès ce moment, les étangs d'Andelle et du Fayel étant devenus inutiles, furent desséchés, et alors seulement l'on put remarquer les sources minérales qui étaient recouvertes par l'étang d'An- delle. Ces faits bien établis montrent qu'il ne faut accorder aucune créance à la tradition locale, qui fait prendre les eaux de Forges à la Reine-Blanche d'Evreux, veuve de Philippe de Valois, morte en 1350. S'il fallait ajouter foi à une autre tradition, la découverte de ces eaux serait due « à la guérison d'un cheval abandonné dans ces parages par les moines de Beaubec, et qui aurait recouvré la santé après être venu pendant quelque temps s'y désaltérer, ce qui aurait attiré l'attention sur leurs propriétés » (1). Quoi qu'il en soit, on sait positivement (2) qu'en 1548 les eaux minérales de Forges avaient été re- marquées par les habitants du pays, moins comme sources minérales que comme un baromètre naturel indiquant les changements du temps d'une manière certaine, grâce à un phénomène « assez extraordi- « naire pour attirer la curiosité des hommes vul-

(1) Decorde, *Essai historique et archéologique sur le canton de Forges-les-Eaux* ; 1856, p. 92.

(2) Guilmeth, *Histoire de l'arrondissement de Neufchatel.*

« gaires et des physiciens. Il consiste en ce que chaque
« fois qu'il doit arriver quelqu'orage ou quelque
« changement de temps, soit qu'il passe de l'humide
« au sec ou du sec à l'humide, un jour ou deux
« d'avance, cette source, dont l'eau est très-limpide,
« devient trouble, jaune et bourbeuse, au point qu'elle
« est très-dégoûtante à l'œil ; comme aussi, la pre-
« mière heure après le lever du soleil et celle après
« son coucher, elle charrie une plus grande quantité
« de flocons jaunâtres qui, desséchés, sont attirables
« par l'aimant (1). » Ce phénomène est d'autant plus
surprenant, qu'il ne se présente qu'à la source la
Reinette ; les deux autres, bien que très-voisines,
n'en participent nullement.

Barthélemy Linand (2), médecin, qui écrivait au
xviie siècle, rapporte leur découverte, en tant qu'eaux
minérales, à M. de Verenne, chevalier des ordres
du roi, qui, un jour de l'année 1573, « s'étant fatigué
« à la chasse et ayant rencontré une source qui ré-
« pandait ses eaux dans un taillis fort agréable,
« s'arrêta sur ses bords pour s'y rafraichir et y disner ;
« mais à peine eut-il goulé des eaux de cette source
« qu'il s'aperçeut qu'elles causoient une odeur et un

(1) P. Ciszeville, *Statistique de Forges-les-Eaux*, an XIII, p. 13.
Nous ferons observer que ce phénomène dont la plupart des auteurs font mention, n'offre plus cette périodicité indiquée dans
leurs ouvrages sur les Eaux minérales.

(2) Lettre de M. Barthélemy Linand, docteur en médecine, écrite
à M. *** le 15 octobre 1697, où il répond à quelques objections
qu'on a faites contre son livre des *Eaux minérales de Forges*, p. 4.

«gout de fer. Aussi, sans se trop mettre en peine
«d'en faire une exacte anatomie, pour en mieux
«connoitre la nature et les vertus, il s'imagina
«qu'elles estoient semblables à celles de Spa, qui ont
«toujours passé pour ferrugineuses vitrioliques.
«C'est pour cela qu'il en fit porter à M. de la Maglère,
«qui en buvoit de celles là au chateau d'Arbuf à deux
«lieues de Forges. Et ce seigneur se trouva aussi
«bien, dit un auteur, de l'usage de ces eaux qui se
«trouvaient dans son voisinage que de prendre celle
«de Spa qu'il faisoit venir de bien loin» (1). M. de
Verenne vanta sa découverte, de hauts personnages
vinrent visiter la fontaine, lui firent l'honneur d'en
boire, des poëtes la chantèrent, et la réputation
commença à s'en étendre au loin.

A cette époque, les trois sources étaient réunies
en une seule que la reconnaissance, jointe à un souvenir mythologique, fit appeler la *fontaine de Jouvence*. En 1578, un sieur Bucquet, conseiller au
parlement de Normandie, en fit nettoyer le bassin
«qui s'était rempli d'ordures pendant les guerres
«qu'il y eut quelque temps après la découverte de
«ces eaux» (2). Quelques années plus tard, Julien

---

(1) Plus d'un malade a cru boire des eaux de Spa qui buvait
réellement de l'eau de Forges. « Il y a quelques années je passais
à Forges, j'allais voir les sources ferrugineuses. Une bonne vieille
femme était là collant des étiquettes sur des bouteilles. Je fus cu-
rieux de voir ce que disaient ces étiquettes. Vous croyez peut-être
que c'était... *Eaux de Forges*. Pas du tout, c'était... *Eaux de Spa*. »
De la Mairie, *Gazette de Normandie*, 29 juin, 1834.

(2) Linand, Lettre..... p. 8.

Paumier, médecin du roi, faisait faire de grands fossés autour de la source pour empêcher les eaux pluviales de la troubler.

On voit que dès la fin du XVIe siècle, les eaux de Forges avaient fixé l'attention des médecins et des hommes instruits. Les praticiens de Paris y envoyaient des malades et venaient eux-mêmes y chercher la santé ; c'est ainsi qu'en 1599, un M. Martin, médecin de la reine et membre de la Faculté de Paris, vint à Forges, pour y prendre les eaux, et s'y guérit d'une hydropisie ascite. Le bruit des cures opérées se répandait au loin, et les malades accouraient en foule de toutes les parties des provinces voisines. Jacques du Val (1), célèbre médecin de Rouen, dans son *Hydro-thérapeutique* publiée en 1603, consacra aux eaux de Forges, un article spécial, dans lequel il constate leur composition ferrugineuse, énumère les maladies qu'elles sont propres à guérir, et note que de son temps on venait les prendre de plus de cinquante lieues. En 1607, Pierre le Grousset (2), médecin du prince de Conti, dit qu'il s'est rendu pendant plus de dix années de suite à Forges, « pour y « soigner MM. les buveurs qui venaient, avec grande « affluence, de plus de cinquante lieues de loin. »

Ainsi, cinquante années à peine après leur découverte, les eaux de Forges s'étaient déjà acquis

(1) *L'hydrothérapeutique des fontaines médicinales nouvellement découvertes aux environs de Rouen* p. 92 ; Rouen, 1603.

(2) *Recueil de la vertu de la fontaine médicinale de Saint-Éloi, dite de Jouvence.* Vitray, 1607.

une vogue immense ; le pays était en pleine prospérité quand, « le 1ᵉʳ mai 1607, pendant que les
« pommiers étaient en fleurs, que les feuilles pous-
« saient aux arbres de la forêt, que les rossignols
« chantaient dans les ombrages des sources, un in-
« cendie éclata tout à coup, et toutes ces maisons
« neuves et coquettes, bâties tout exprès pour les
« dames de la cour, et les beautés de la ville, ne furent
« plus qu'un peu de cendre. La guerre avait déjà
« bien des fois détruit ce bourg qui ne demandait
« pas mieux que de grandir et de prospérer, un
« autre fléau, le feu fit cette fois ce que la guerre
« avait déjà fait. Forges n'était plus alors qu'un
« *village pauvre et ruiné*, mais la célébrité vint en
« aide à l'infortune, Forges sortit de ses ruines et
« retrouva ses richesses » (1). Nous lisons en effet
dans une vieille histoire de Normandie par Gabriel
Dumoulin, imprimée à Rouen en 1631 : « Les Nor-
« mands n'ont aucun besoin d'aller aux eaux de Spa
« ou de Pouques, puisqu'ils ont celles de Forges-en-
« Bray où les princes et les dames de la cour viennent
« tous les ans boire, pour se remettre ou se mainte-
« nir en bonne santé » (2).

Mais une visite plus célèbre et surtout plus importante par les résultats qui lui furent attribués
était réservée à ces eaux. Leurs bienfaits ne s'é-
taient pas encore adressés à des têtes couronnées,

(1) De la Mairie, le Bray normand et le Bray picard, p. 196.
(2) *Histoire générale de Normandie*, édit. de Rouen, 1631, p. 10.

quand les médecins de Louis XIII songèrent à la
Fontaine de Jouvence pour rétablir la santé du mo-
narque, compromise par son ardeur immodérée
pour la chasse, et, ajouterons-nous avec la plupart
des contemporains, par le régime débilitant qu'on
lui faisait suivre. Jacques Cousinot, un de ses médecins, composa un discours (1), pour lui démon-
trer l'efficacité de la source d'eau minérale de
Forges, et lui prescrire les mesures hygiéniques à
observer pendant le temps consacré à en faire
usage. Louis XIII, convaincu par les raisons de son
médecin, se décida à venir à Forges, chercher son
rétablissement et aussi demander un remède à la
stérilité de la reine Anne d'Autriche. On envoya
d'abord le fontainier Franchini qui divisa les trois
sources de la fontaine de Jouvence et leur donna
un bassin séparé ; lorsque tout fut prêt, le roi, le
cardinal de Richelieu et plusieurs personnages de
la Cour arrivèrent à Forges, le 21 juin 1632, suivis
de la reine, qui vint quelques jours plus tard. Alors
commencèrent les banquets, les jeux, les spectacles
et les fêtes de toute espèce. Jean Claveret, avocat,
plus connu par sa ridicule jalousie contre l'auteur du *Cid*, que par ses propres ouvrages, composa
pour la circonstance une comédie en cinq actes et
en vers, intitulée *les Eaux de Forges*, à laquelle, selon
un auteur du temps, « il ne manquoit chose du

(1) Cousinot (Jacques), *Discours au roy touchant les nature,
vertus, effets et usages de l'eau minérale de Forges*, in-4 ; Paris, 1631.

« monde, sinon que le sujet, la conduite et les vers « ne valoient rien. » Et chose bizarre, dit M. de la Mairie auquel nous empruntons ces détails, cette pièce fut jouée dans une salle du couvent des RR. PP. capucins, par une troupe d'excommuniés venus de Paris.

C'est à cette époque que les sources ont pris les noms qu'elles conservent encore. La source que préférait la reine fut nommée *la Reinette*, celle dont buvait le roi s'appelait *la Royale*, et celle qui servait au cardinal, *la Cardinale*.

Louis XIII et sa suite quittèrent Forges-les-Eaux vers le milieu de juillet ; Anne d'Autriche y resta plus longtemps ; l'on sait quels furent les résultats de ce voyage. Le cardinal de Richelieu se rétablit d'une gravelle, dont le caractère était devenu si alarmant en 1632, qu'on avait cru sa mort prochaine, lors d'un voyage qu'il fit à Bordeaux. Le roi retrouva la santé, du moins, lisons-nous dans le célèbre recueil de Théophraste Renaudot, gazetier médecin du roi, à la date du 23 juin 1633. « Le roi se « porte si bien de ses eaux qu'il continue, qu'elles « seront en crédit pour longtemps. » Enfin, le 16 septembre 1638, la reine Anne d'Autriche mit au monde, après vingt-trois années de stérilité, un enfant qui fut plus tard Louis XIV. Cet heureux événement, que, sans rencontrer de contradicteurs sérieux, l'on n'avait pas hésité à attribuer à l'usage des Eaux de Forges, si vantées alors contre la stérilité des femmes, ajouta à la haute réputation de ces eaux qui devinrent les thermes à la mode. Tous les malades de distinction prirent la route de l'humble bourg, et les dames de la Cour qui aspiraient vainement au bonheur d'être mères, firent le pèlerinage d'Anne d'Autriche. Forges vit se presser à ses eaux, pendant la seconde moitié du XVIIe siècle, toute l'élite de la France.

Louis XIV y envoyait chaque année ses comédiens qui y jouaient les pièces de Molière ; toujours chez les RR. PP. Capucins, car c'est chez eux qu'avaient lieu les fêtes, les bals, les banquets, et la plupart des réjouissances ; «sans doute, ajoute M. de la Mairie (1), il leur en restait de belles et bonnes aumônes. »

Parmi les hauts personnages qui visitèrent Forges dans la suite, nous trouvons : Anne-Marie-Louise d'Orléans, duchesse de Montpensier, la grande Mademoiselle, dont la vie a offert tant de péripéties, et qui, après avoir rêvé d'être la femme de Louis XIV, dédaigné le roi d'Espagne Philippe IV, refusé le prince de Galles et vainement tenté d'épouser l'empereur Ferdinand III, finit par se donner... à Lauzun, un cadet de Gascogne. Cette princesse raconte dans ses mémoires qu'en arrivant à Forges, vers quatre heures du matin, elle trouva «force buveurs que le « bruit de sa venue avait éveillés plus tôt que de cou- « tume, quoique celle de Forges fût de se lever ma- « tin. » Au nombre des dames de sa société qu'elle y

---

(1) *Loc. cit.*

rencontra, elle nomme la comtesse de Noailles, madame d'Estrades, la duchesse de Longueville, etc., du reste il n'y avait pas que des seigneurs. « Forges, « dit-elle, est un lieu où il vient toutes sortes de gens, « des moines de toutes couleurs, des religieuses de « même, des prêtres, des ministres huguenots et des « gens de tous pays et de toutes professions... La vie « y est fort douce et bien différente de celle que l'on « mène ordinairement. On se lève à six heures au « plus tard, on va à la fontaine, on se promène pen- « dant qu'on prend les eaux ; il y a beaucoup de « monde, on parle aux uns et aux autres, le chapitre « du régime et de l'effet des eaux est souvent traité, « aussi bien que celui des maladies qui y font venir « les gens et des progrès que l'on fait à les détruire. « On sait tous ceux qui sont arrivés le soir ; quand il « y a de nouveaux venus on les accoste, c'est le lieu « du monde où l'on fait le plus aisément connais- « sance... Quand on a achevé de boire, ce qui est « ordinairement sur les huit heures, on s'en va dans « le jardin des capucins... Ce jardin est petit, les « allées sont assez couvertes, il y a des cabinets « avec des siéges pour se reposer... et après qu'on « s'est reposé, on va à la messe, puis chacun va s'ha- « biller ; les habits du matin et de l'après-diné sont « fort différents ; le matin on a de la ratine et de la « fourrure, et l'après-midi du taffetas... on dîne à « midi avec beaucoup d'appétit, ce qui m'est nou- « veau ; hors les eaux, où que je suis fort longtemps « sans manger, je n'ai jamais faim. L'après-dinée

« on venait me voir. A cinq heures j'allais à la co-
« médie... à six heures on soupe et après l'on va se
« promener aux Capucins où l'on dit des litanies,
« presque tout le monde les entend avant la prome-
« nade, puis à neuf heures chacun se retire. »

Nous trouvons encore la marquise de Prie, qui,
en 1726, ayant obtenu du cardinal de Fleury la
permission de quitter sa terre de Courbépine, où
elle vivait reléguée depuis l'exil du duc de Bourbon, vint à Forges et chercha à y nouer des intri-
gues pour parvenir au rappel du prince, mais ni
l'un ni l'autre n'étaient en faveur, et les courtisans
ne s'occupèrent ni du duc, ni de la marquise.

La duchesse de Bourbon en 1733 ;

En 1749, le grand Dauphin et la Dauphine, qui,
mariés depuis cinq ans et sans postérité, durent,
ainsi que leurs augustes devanciers, se féliciter
d'avoir atteint le but qu'ils se proposaient. En effet,
à la suite de leur voyage à Forges, il leur naquit
une princesse d'abord, puis ensuite quatre princes,
qui furent le duc de Berry, mort jeune, Louis XVI,
Louis XVIII et Charles X.

En 1772, la duchesse de Chartres, fille du duc
de Penthièvre, depuis duchesse d'Orléans, mariée
depuis trois ans, et qui n'avait pas encore d'enfants,
vint aussi prendre les eaux de Forges, et, le 6 octobre de l'année suivante, elle mit au monde un
fils qui fut le roi Louis-Philippe.

Au nombre des personnages importants venus à
Forges, pour y faire usage de la médication ferru-

gineuse, on compte encore la princesse de Carignan, Mme de Sévigné (1), Mme de Genlis, du Deffant, etc...., le maréchal de Richelieu, Voltaire (2), Buffon, etc.

On peut affirmer, sans crainte de se tromper, qu'il ne s'est pas rencontré en France, aux XVIIe et XVIIIe siècles, de personnage remarquable, à quelque titre que ce soit, qui n'ait pour ainsi dire payé son tribut à la mode en faisant le voyage de Forges-les-Eaux.

L'ère impériale n'a pas été moins féconde en illustres visiteurs : en 1801, le premier Consul, accompagné de la future Impératrice Joséphine, se rendit à Forges-les-Eaux, où il était attendu depuis quelque temps ; diverses améliorations ont été le résultat de son passage dans la contrée.

En 1804, l'amiral espagnol Gravina, dont la santé était très-affaiblie, vint prendre les eaux de Forges, d'où il partit guéri pour commander la flotte espagnole à Trafalgar. Vers cette époque, Benjamin

---

(1) Dont le souvenir est conservé à Forges ; un vieux chêne qui ombrage le voisinage des sources porte encore le nom d'*arbre de madame de Sévigné*.

(2) « Quelques personnes prétendent que le philosophe de Ferney a composé plusieurs pièces de vers datées de Forges... Certaine tradition veut aussi qu'il ait écrit là le VIe chant de *la Henriade* et la comédie de *l'Indiscret*... Nous avons aussi entendu dire que M. Thierry, bien connu à Forges, où il est décédé il y a un an ou deux, disait avoir vu sur le mur d'un bâtiment voisin de la grille de l'établissement des Eaux, quelques vers écrits de la main du poëte. » Decorde, *Loc. cit.* p. 102 ; note.

Constant, Mme de Staël, le marquis de Gallo, am-
bassadeur de Naples à la cour de France; les marquis de Sommariva, d'Aligre; le général Lefèvre-
Desnouettes, et d'autres notabilités appartenant à
cette ère de gloire nationale, vinrent augmenter
le nombre des baigneurs.

Malgré sa grande et vieille renommée, Forges
n'a pas pu échapper aux vicissitudes des choses de
ce monde : après ces époques de vogue et de splen-
deur sont venus des jours d'abandon et d'oubli :
les causes de cette décadence sont facilement ap-
préciables. Déjà, en 1770, une circonstance, insignifiante en apparence, la suppression des jeux,
avait porté un certain « préjudice » aux intérêts du
pays ; car, « si beaucoup venoient à Forges y cher-
« cher la santé, d'autres y venoient pour se divertir,
« et d'autres enfin pour y jouer et jouir de la bonne
« compagnie. On y jouoit très-gros jeu. Les jeux
« les plus suivis étoient le billard et le passe-dix. Il
« se rendait à cet effet, chaque année, des croupiers
« ou joueurs qui venoient à Forges des principales
« villes de France. Ces jeux ont duré jusqu'en 1770,
« où M. le maréchal d'Estrées, étant alors, ayant
« apperçu quelques escrocs faisant des dupes, les
« chassa de Forges et défendit les jeux. Les joueurs
« ont cessé alors de fréquenter les Eaux, ce qui a
« beaucoup diminué le nombre des étrangers qui
« s'y rendoient. Cette classe en formoit au moins la

« moitié et étoit celle qui y répandoit le plus d'ar-
« gent » (1).

Vers la fin de ce siècle, la perte que Forges fit
de son salon public aux Capucins, dont l'établissement fut vendu comme bien national, eut des résultats plus fâcheux encore : « C'était là que les
« étrangers se rassembloient en public et qu'ils al-
« loient se distraire. Aujourd'hui, faute de ce se-
« cours, la plupart s'ennuyent et abrègent autant
« que possible leur séjour » (2).

Cette perte ne fut pas réparée ; bien au contraire,
la personne qui était propriétaire des sources, sans
nullement s'inquiéter des exigences de la société
actuelle, les laissait, à peu de chose près, telles
que les avait concédées à la famille Ciszeville la mai-
son de Montmorency ; l'on comprend que le public
les négligeât, cherchant ailleurs ce qu'il aime par-
dessus tout, le plaisir et les amusements.

Si, à toutes ces circonstances et suivant la remarque de M. Cisseville (3), nous joignons « la doctrine physiologique exagérée, qui, dans sa pros-
cription de tout médicament, si peu actif qu'il soit,
avait enveloppé la plupart des eaux minérales, » il
deviendra facile d'expliquer le discrédit profond et
l'abandon dans lesquels étaient tombées les eaux
de Forges.

---

(1) Ciszeville, *Statistique*, etc., p. 20.
(2) *Eod. loc.*, p. 21.
(3) Cisseville, *Notice sur les eaux minérales de Forges*, 1845.

Aujourd'hui, toutefois, la plupart de ces causes d'insuccès ont disparu. L'avantage n'est pas toujours resté aux exagérations de la doctrine physiologique. Une réaction salutaire s'est opérée en faveur de la thérapeutique médicale bien comprise, où les ferrugineux ont repris le rang qu'ils n'auraient jamais dû perdre. Grâce au dévouement et au zèle infatigables de notre prédécesseur M. Cisseville, de nombreuses et importantes améliorations ont été réalisées. Une compagnie s'est formée dans le pays, qui a fait l'acquisition des sources; une construction nouvelle, en harmonie avec sa destination, a remplacé d'incommodes et insalubres bâtiments; une grande prairie, dépendant de la propriété acquise, a été desséchée et convertie en un jardin où sont dessinées de jolies promenades, en même temps qu'un hectare de terre boisée; dépendant de l'ancienne forêt de Bray, a augmenté l'étendue et l'agrément du parc traversé par la rivière d'Andelle...... L'établissement actuel est complet, rien n'y manque : appareils balnéaires, salles de réception, de billard, salle de bal servant à l'occasion de salle de spectacle et de concert, riche bibliothèque, etc.

Ces efforts persévérants n'ont pas été absolument stériles.

Ils ont peu à peu ramené les baigneurs qui avaient complétement déserté les eaux et attirent annuellement une centaine de malades, de vrais malades, plus jaloux de recouvrer leur santé que de s'étourdir dans le bruit, mais ils n'ont pas encore fait revenir la foule... Pourquoi donc, malgré la beauté du pays, sa richesse, sa proximité de la capitale, et, nous pouvons le dire, la supériorité de ses eaux, lui a-t-on jusqu'ici préféré Spa, la ville étrangère ? Aucuns en accusent la mode ; nous, nous pensons que le défaut de voies de communication, l'absence complète de moyens faciles et rapides d'aborder Forges, condamnaient indéfiniment ses eaux à l'indifférence et à l'oubli. Tandis qu'il suffisait de neuf heures pour aller de Paris à Spa, il en fallait quinze pour arriver à Forges, et quel pénible voyage ! on changeait jusqu'à trois fois de voiture ! Aujourd'hui cette cause fatale d'abandon n'existe plus. L'ouverture récente du chemin de fer de Rouen à Amiens, dont Forges est une station principale, met notre pays à quatre heures de Paris et il devient facile de prévoir que ses Eaux, désormais accessibles, ne tarderont pas à reprendre la vogue et le succès que promet leur ancienne renommée et que mérite leur incontestable valeur.

Le Pays.

Topographie, température, climat, endémies, etc. — Forges-les-Eaux est un petit bourg de 1,600 habitants, **situé** au centre du pays de Bray, dans le département de la Seine-Inférieure, à 28 lieues de Paris, 11 de Rouen et 12 de **Dieppe**. C'est une station du chemin de fer de Rouen à Amiens, et de celui en voie d'exécution de Paris à Dieppe, par Gisors et Gournay.

Son nom lui vient, comme nous l'avons dit, des anciennes forges qui existaient à l'endroit même où il est construit et dans un rayon assez étendu. Une des extrémités du bourg, où les scories ferrugineuses se rencontrent en plus grande quantité a conservé le nom de quartier d'*Enfer*.

Le bourg de Forges ne présente pas encore les raffinements du luxe moderne, mais les malades peuvent être sûrs d'y trouver toutes les ressources, toutes les commodités qu'on est en droit d'exiger d'une ville d'eau. Le bourg, construit sur le versant méridional d'un monticule dirigé de l'est à l'ouest, et dominant la riante et fertile vallée de Bray, est bien abrité contre le vent du nord. Les rues en sont larges et bien pavées, les maisons commodes; il y a quatre hôtels, plusieurs pensions bourgeoises; et, dans la saison des eaux, les baigneurs peuvent aisément louer pour le temps de leur cure, des appartements ou des chambres meublés.

Forges occupe le point le plus élevé de l'horizon qui l'entoure; trois rivières prennent leur source dans les environs et coulent dans les directions diverses et opposées; ce sont : l'Epte, qui naît dans les prairies à Serqueux, commune au nord de Forges, et coule vers le sud-est, pour gagner la Seine à Pitres; l'Andelle, qui a son origine à l'ouest, près des fontaines minérales, se dirige au sud-ouest et se jette dans la Seine à Gisors; la Béthune, qui prend naissance à Compainville, se rend à Neufchâtel, et de là, à la mer sous le nom de rivière d'Arques.

L'élévation absolue de Forges au-dessus des hautes mers d'équinoxe est de 159 mètres 658 millim. selon l'évaluation faite par M. Violet-Desgranges, ancien ingénieur à Neufchâtel, alors qu'il s'occupait du canal projeté de Dieppe à Paris.

A part le petit bois de l'Épinay situé près de l'établissement, la campagne qui entoure Forges dans un rayon de 3 à 4 kilomètres est presque exclusivement composée d'herbages ou prairies; cependant, lorsqu'on y jette les yeux d'un lieu élevé, comme des hauteurs de la Ferté, elle paraît n'être. qu'un bois. Cet aspect est dû à la présence des haies nombreuses et très-élevées qui séparent et divisent les herbages, derniers vestiges des forêts qui autrefois couvraient le pays et que des défrichements successifs ont peu à peu fait disparaître.

Le pays de Bray, quoique situé dans la région climatérique *Séquanienne*, a un climat très-varié. Le peu d'élévation du sol des vallées, les prairies qui le couvrent, les nombreuses rivières qui l'arrosent, le rendent généralement froid et humide, mais il est plus sec et plus sain dans les plaines élevées et sur les collines qui le coupent; sous ce rapport, le bourg de Forges se trouve particulièrement favorisé; son élévation, son heureuse exposition au soleil, sur un coteau qui le garantit des vents du nord, en font un des endroits les plus agréables et les plus salubres de la contrée; les brouillards qui

se forment quelquefois en été, au moment des plus
fortes chaleurs, le soir après le coucher du soleil et
s'étendent sur la vallée, n'arrivent jamais jusqu'à
lui. — Le thermomètre, terme moyen, dans la belle
saison, indique 20 à 25° centigrades ; à l'établissement il est toujours de quelques degrés plus bas
que dans la ville.

Les vents les plus fréquents qui règnent à Forges-
les-Eaux soufflent principalement du nord-ouest
et de l'ouest. L'intensité et la direction de ces vents
sont nécessairement modifiées par les nombreuses
haies et les accidents de terrain qui se trouvent dans
la vallée de Bray. Depuis la récente destruction de
la grande forêt de Bray, qui entourait en partie le
village, les orages sont devenus fort rares. Depuis
1827, on n'a pas vu de grêle susceptible d'occa-
sionner un notable préjudice.

Il n'y a plus dans le pays de maladies endémiques
depuis plus de soixante ans qu'on a desséché les
marais, défriché et rendu à l'agriculture les landes
qui occupaient anciennement une assez grande
portion du territoire. Les fièvres intermittentes qui
régnaient à cette époque ont entièrement disparu,
par suite des travaux importants qu'on a faits. Ce
fléau endémique, ayant cessé avec sa cause, fut
remplacé en 1812 par un flux dysentérique, qui
traité par l'usage de l'eau minérale dite de la Reinette, ainsi que cela avait déjà eu lieu en 1768, n'a
plus reparu. La scrofule, qu'on a dite endémique,
dans le pays de Bray n'y est pas plus fréquente

qu'ailleurs. Elle ne se rencontre que chez quelques sujets et ne dépend que de circonstances individuelles.

Flore. —Les plantes que le sol produit se ressentent toujours un peu de sa nature anciennement marécageuse. On y trouve le jonc fleuri (*butomus umbellatus*), la cannebirge (*vaccinium oxycoccos*), la véronique (*veronica beccabunga*), les plantes des genres *uvularia*, *trifolium*, *stellaria*, *vallisniera*, *miscurialis*, *hyosciamus*, *ranunculus*, *gentiana*, *polygala*. La flore du pays de Bray est au reste aussi nombreuse que variée.

Géologie. — Forges est placé au milieu d'un pays très-favorable à l'étude de la géologie (1) ; le soulèvement du pays de Bray, l'apparition des terrains jurassiques dans une faille du massif cretacé, l'importance agricole et industrielle des couches argileuses qui dépendent de cette succession de formations; tout fait du pays de Bray un de ces morceaux convenablement circonscrits et limités pour l'étude, qui servent de premier *thème* géologique à offrir à des élèves. Comme aussi les eaux présentent dans leur composition chimique des ingrédients minéralisateurs qu'on ne retrouve pas ailleurs, même dans les sources ferrugineuses voisines, cir-

(1) A la suite d'excursions faites à Forges en septembre 1848, par la Société géologique de France, M. A. Bourjot professeur d'histoire naturelle du collége Bourbon, écrivait : «Nous recommandons l'étude du pays de Bray aux géologues comme une des plus instructives que l'on puisse faire et comme une course agréable à tous égards. »

constance qu'explique la connaissance de la constitution du sol, nous pensons qu'il ne sera pas inutile de donner ici un aperçu géognostique succinct de cette contrée, qui a été si longtemps un mystère pour les géologues et les agriculteurs.

« La vallée de Bray, petite région naturelle, remarquable par l'absence de la craie, appartient aux départements de la Seine-Inférieure et de l'Oise. Elle forme une gibbosité ellipsoïdale qui, d'après les inclinaisons de 15 et de 25 degrés qu'on y a constatées, résulte évidemment d'un soulèvement qui a mis au jour les étages supérieurs de la formation jurassique selon une direction du sud-est au nord-ouest, en laissant les couches supérieures sur les flancs du terrain soulevé. Les débris de ces couches, qui recouvraient les parties à jour du calcaire compacte ont été enlevés, et il s'est opéré une dénudation transgressive, d'une couche à l'autre, jusqu'au calcaire crayeux, dont on ne voit aucun vestige sur la protubérance du Bray, quoique la craie lui serve cependant de limite.

M. Elie de Beaumont pense que le soulèvement du pays de Bray a eu lieu en même temps que celui des Pyrénées et des Apennins, entre la période de la formation de la craie et celle du dépôt des terrains tertiaires.

Le pays de Bray et celui de Wealds en Angleterre, auquel on le compare toujours, sont deux faits identiques. Ils formaient deux îles de forme semblable et à peu près de la même direction au-dessus de la mer tertiaire ; seulement les couches crétacées ont subi une rupture et une dénudation dans le pays de Bray, qui a mis, ainsi que nous venons de l'écrire, à découvert le calcaire compacte épiolitique, circonstance qui n'a pas eu lieu dans les Wealds.·

Le pays de Bray a environ 18 lieues de longueur de Bures à Frocourt, sur 4 ou 5 de largeur vers Forges.

Voici l'ordre de superposition des différentes couches qui s'y rencontrent :
Glauconie sableuse de la craie ;
Marne bleue micacée, ou gault ;
Sables à grains verts ;
Sables ferrugineux ;
Argiles à fougères ;
Sables et grès ferrugineux ;
Grès glauconieux, calcaire glauconieux, calcaire marneux à gryphée virgule (1). »

Nous ne poursuivrons pas cet exposé, et nous nous bornerons à la simple énumération de ces couches, dont la description isolée n'a pas d'opportunité dans l'espèce qui nous occupe. Cette énumération servira toutefois à faire connaître l'existence des roches à travers lesquelles circulent les eaux

(1) Cisseville, *Quelques considérations géologiques concernant la recherche de la houille dans le département de la Seine-Inférieure* in *Annuaire normand* pour 1846.

destinées à former les fontaines minérales et à
expliquer les conditions des diverses industries qui
depuis longtemps font la prospérité du pays.

Productions naturelles. Industrie. — L'aspect général du pays de Bray indique l'abondance et la
richesse. Les pâturages y sont exceptionnellement
fertiles; la récolte des fourrages et des fruits à cidre
est très-considérable; on connaît l'importance des
vaches normandes auxquelles on doit le beurre de
Gournay et le fromage de Neufchâtel; dans le bourg
même, l'exploitation des diverses productions minérales du pays fournit une certaine aisance aux
propriétaires et procure du travail aux ouvriers.

Nous avons dit que Forges a été autrefois le siége
d'importantes exploitations de fer qui ont cessé
d'être en activité lorsque les forêts qui couvraient
son territoire eurent été consumées. Ces exploitations n'ont pas diminué d'une manière sensible le
minerai, dont la couche a de 28 à 30 mètres de
puissance. On l'emploie maintenant à la construction des maisons et à la réparation des chemins
vicinaux. Le socle d'une grande quantité de maisons et celui de presque toutes les églises de la
contrée est fait avec cette roche ferrugineuse convertie en pierre de taille.

Les sables ferrugineux viennent se terminer sur
l'argile bigarrée qu'ils laissent à découvert en plusieurs points. Celle-ci affleure quelquefois à la surface du sol. A Forges et aux environs, dont elle

constitue le sol géologique, on l'emploie à faire des
tuiles, des pavés de toutes dimensions et des poteries. Les pavés, dits pavés luisants de Forges, sont
d'une beauté et d'une dureté remarquables. Mais,
indépendamment de cette argile vulgaire, la même
couche contient une argile plastique analogue à
l'argile plastique des terrains tertiaires et ayant
une haute valeur commerciale. Ce qui la rend particulièrement précieuse, c'est sa grande pureté qui
la fait en quelque sorte infusible, au point qu'elle
résisterait à un feu qui fondrait facilement l'argile
plastique des terrains tertiaires. La plus réfractaire,
qui est d'un gris-argentin et d'une apparence schis-
teuse, s'expédie fort loin et sert à faire des creusets
pour les verreries et les manufactures de glace.
Elle ne connaît guère de rivale que celle de
Saxe. Elle est pour le pays l'objet d'un commerce
important, alimente la plupart des verreries de
France et se vend aussi pour l'étranger. On en em-
barque au Havre pour les États-Unis, à Marseille
pour les îles Ioniennes. L'établissement de Saint-
Gobin avait autrefois un agent à Forges, chargé de
surveiller l'extraction de cette argile, dont il avait
la jouissance privilégiée dans la forêt de Bray.
Ces lits d'argile fournissent aussi depuis un temps
immémorial la matière des poteries fines, dont le
musée de Neufchâtel conserve plusieurs fragments
des xe, xiie et xive siècles. Pourvu en abondance
de ces matériaux importants, Forges a été longtemps le siége riche et prospère de l'industrie céra-

mique et le serait encore si l'on pouvait lui donner le combustible en abondance. Malheureusement, les tentatives pour doter le pays de Bray de la houille, cette matière première des matières premières, n'ont pas encore réussi, et l'on n'emploie à Forges même que l'argile de médiocre qualité pour la fabrication des pipes et de la faïence anglaise.

On exploite aussi aux environs le calcaire lumachelle, dont on rencontre des masses considérables au-dessous du calcaire compacte. Ces roches dures ont été utilisées pour les fondements de la route de Dieppe à Paris, depuis Gournay jusqu'à Gisors. Aujourd'hui, la plus belle lumachelle, convertie en marbre par le polissage, sert à faire différents meubles, tels que des tables, guéridons, chambranles, etc.

On trouve encore à Forges quelques tourbières, dont l'exploitation, considérable autrefois, diminue de jour en jour par suite des dessèchements. On sait que les tourbes ne se régénèrent en dix huit ou vingt ans que dans les marais submergés et que ce travail de carbonisation par la voie humide ne se fait plus lorsque les marais sont convertis en prairies par des saignées et des décharges. C'est ce que l'on a fait sur une large échelle tout autour de Forges, où l'on a vu peu à peu, au grand avantage de la richesse publique et de la salubrité, de vastes terrains improductifs se changer en herbages d'abord médiocres, mais bientôt améliorés par des engrais et des marnages.

Dirai-je enfin qu'il existe près les fontaines minérales un terrain de tourbes pyriteuses que l'on
exploite pour en obtenir la couperose. Cet établissement, très-curieux à visiter, est le seul du département où l'on se livre à l'extraction du sulfate de
fer naturel. Les progrès de la chimie moderne, en
donnant les moyens de préparer à bas prix la couperose artificielle, ont porté un rude coup à cette
industrie qui mériterait d'être encouragée, à cause
de la grande valeur comme engrais, des résidus
qu'elle laisse à l'agriculture.

Nous terminerons ici ces renseignements géné-
raux que nous aurions voulu pouvoir abréger davantage. S'ils ne font pas absolument partie de
notre sujet, ils ne sont pas non plus indifférents,
car le praticien a besoin de connaître quelles ressources peut offrir contre l'ennui une station thermale, et il veut surtout savoir si le malade pourra
trouver dans la promenade, la visite des établisse-
ments industriels, l'examen des produits minéraux
et agricoles du pays, les distractions qui lui sont
le plus favorables ; d'ailleurs le médecin ne doit-il
pas traiter, chemin faisant, *de aquis, locis et aeribus?*

Les Sources minérales.

Les trois sources d'Eaux minérales de Forges,
appelées encore la Reinette, la Royale et la Cardinale, sont situées au couchant du bourg, dans un

agréable vallon où l'on descend par une belle et longue avenue d'arbres.

En entrant par la route dans l'établissement thermal, on les aperçoit sur la gauche, elles se trouvent à 2 ou 3 mètres au-dessous du sol, dans une petite cour quadrilatère, dallée en mica-schiste, où l'on a creusé pour chacune un petit bassin séparé. Au bas de l'escalier on voit d'abord les deux sources Reinette et Royale, contiguës et distantes seulement l'une de l'autre de 2 pieds: la Cardinale est à quelques pas des précédentes dans une des encoignures de la cour et au long du mur de clôture.

La Reinette et la Cardinale coulent horizontale-ment, la Reinette de l'est à l'ouest et la Cardinale du nord au sud. La Royale sourd perpendiculaire-ment au milieu des deux autres et coule ensuite de l'est à l'ouest comme la Reinette.

Ces sources se déversent par des rigoles souter-raines dans un quatrième bassin en grès, où elles réunissent et confondent leurs eaux; de là elles vont, au moyen d'un canal voûté, alimenter le grand réservoir destiné aux bains.

Propriétés physiques. — Les eaux des trois sources sont sans odeur, et d'une limpidité parfaite ; on n'y remarque aucune bulle gazeuse , quelque soin qu'on apporte à cette observation.

La source de la Reinette cependant, habituelle-ment fort claire, se trouve parfois troublée par suite d'un phénomène singulier que Linand, qui le premier en a fait mention, décrit ainsi : « Tous les jours régulièrement vers six ou sept heures du matin et pour l'ordinaire sur les six ou sept heures du soir, elle se brouille de manière que l'eau en sort toute rougeâtre et chargée de flocons roux plus ou moins gros qui se changent en une eau rousse quand on vient à les remuer dans la main » (1).

Marteau ajoute que ce phénomène se répète le jour trois ou quatre heures avant l'orage et la pluie (2). Monnet, d'après Lepecq de la Clôture, affirme le même fait. On a dit aussi que ces flocons étaient plus abondants et se montraient plus fréquemment le jour où le temps était orageux et lorsque l'atmosphère était plus ou moins agitée. Tout en ajoutant foi à ce qu'ont écrit les auteurs recommandables que nous venons de citer, nous ferons observer, avec notre prédécesseur M. Cisseville, qu'on ne remarque plus aujourd'hui cette régularité dans l'apparition et l'existence de ces flocons.

L'eau de la Cardinale, très-nette et transparente comme celle des deux autres, présente à sa surface une pellicule irrisée, fort recherchée d'ordinaire des buveurs, qui la désignent sous le nom de crème de la Cardinale.

La saveur n'est pas la même dans les trois

(1) Linand, *Nouveau Traité sur les eaux minérales de Forges*, page 7, 1697.

(2) *Analyse des eaux de Forges*, 1756.

sources; elle est fraîche dans toutes; peu ferrugineuse dans la Reinette, franchement ferrugineuse dans la Royale, et, décidément atramen-
taire dans la Cardinale.

La température est à peu près la même dans les
trois sources. Le thermomètre plongé dans les bassins a rapporté après 20 minutes d'immersion :

```
Pour la Reinette. . . . .   7° centigrades.
   — la Royale. . . . . .   7°      —
   — la Cardinale. . . .   6°      —
Réservoir commun. . . .   6° 1/4  —
```

Cette température est constante; les variations
dans l'intensité de la chaleur atmosphérique ne l'in-
fluencent que d'une manière insignifiante.

Les bassins des trois sources sont plus ou moins
chargés d'un dépôt rouge ocracé, globuleux, adhé-
rent aux parois; ce sédiment, dont la présence at-
teste la dissolution du fer dans l'eau, prend dans
les rigoles et les conduits souterrains où circule
le trop plein des sources, un aspect tout particulier
qui frappa vivement M. le professeur Henry lorsqu'il vint à Forges faire l'analyse des Eaux.

« Ce n'est plus un amas rouge ocracé, mais une
réunion de flocons d'aspect lanugineux, rouges ou
rosés, très-légers; quelques-uns même sont tout à
fait blancs et comme soyeux. Vient-on à recueillir
ces flocons, qui se divisent avec une grande facilité,
on y aperçoit à l'aide du microscope une réunion de
conferves parfaitement organisées, au milieu d'une

masse grisâtre amorphe, et de parties ferrugineuses, n'offrant également aucune forme » (1).

Quantité. — La quantité d'eau minérale débitée par chaque source a été déterminée avec soin, et a donné les résultats suivants :

Reinette. . . 900 litres par heure, 21,600 par jour.
Royale. . . . 450   —   10,800   —
Cardinale. . 180   —   4,320   —

C'est-à-dire 36,720 litres par jour pour les trois sources réunies. Ce débit ne varie pas : dès le xviie siècle on a noté que « chaque source coule également l'été et l'hiver ; on ne s'aperçoit d'aucune diminution de leurs eaux dans les plus grandes sécheresses, ni d'aucune augmentation dans leur volume par les plus grandes pluies » (2).

Propriétés chimiques. — La nature ferrugineuse des eaux de Forges est connue, pour ainsi dire, depuis le moment de leur découverte. Nous avons dit, d'après Linand, que le chevalier de Verenne, lorsque le hasard l'amena à boire aux sources, trouva en les goûtant qu'elles « causoient une odeur et un goût de fer, » et que de suite « il imagina qu'elles étaient semblables à celles de Spa. » Pendant longtemps on n'en sut pas davantage, et les nom-

(1) Henry, *Analyse de l'eau ferrugineuse de Forges-les-Eaux*, 1845, page 7.
(2) Larouvière, *Nouveau système des eaux de Forges*, 1699.

breuses analyses de ces Eaux, qui furent faites dans
le cours des xviiᵉ et xviiiᵉ siècles, n'en apprirent pas
plus long sur leur composition que n'indiquaient le
dépôt ocracé des parois des bassins et l'enduit jaune
rougeâtre dont se recouvrent à la longue les vases
dont on se sert habituellement pour puiser l'eau
aux sources. Ces essais de la chimie dans l'enfance
ne pouvaient que confirmer ce que faisait pressentir
la différence dans la saveur des sources, et ce que
révélait suffisamment cette expérience vulgaire,
répétée chaque jour par les buveurs, qui font macérer
pendant quelques minutes une feuille ou deux de
chêne, broyée dans un verre d'eau minérale, et ju-
gent à la différence des couleurs produites que
l'eau de la Royale est plus ferrugineuse que l'eau
de la Reinette et moins que celle de la Cardinale.
L'on pensait généralement que le fer existait dans
ces eaux sous la forme vitriolique, lorsqu'en 1780,
Duchanoy vint combattre cette hypothèse et an-
noncer qu'il s'y trouvait dissous à l'aide d'un acide
gazeux. Peu à peu la découverte de Black sur l'air
fixe ou acide carbonique, les recherches de Berg-
mann, de Priestley, de Rouelle, de Guyton de Mor-
veau, de Fourcroy et autres, ayant appris enfin à le
regarder comme le dissolvant naturel du carbonate
de chaux et du carbonate de fer, on a expliqué alors
pourquoi certaines eaux étaient troublées par l'exposition à l'air, ainsi que par l'ébullition ; pourquoi
elles déposaient de la rouille de fer, ou à leur surface ou dans les canaux qu'elles parcourent. De ce

moment, la classification des Eaux ferrugineuses devint plus facile et plus naturelle ; les sources de Forges obtinrent une place bien déterminée dans le tableau des Eaux minérales, et l'immortel auteur du *Système des connaissances chimiques* les propose comme modèle dans le premier ordre des eaux ferrugineuses simples où le fer se trouve dissous par un excès de l'acide carbonique avec lequel il est combiné.

La première analyse chimique digne de ce nom, faite en 1812, à Forges même, par M. Robert, pharmacien en chef de l'Hôtel-Dieu de Rouen, vint confirmer cette opinion. En effet, après une série d'opérations, qu'il décrit avec une grande lucidité, M. Robert a trouvé :

	REINETTE.	ROYALE.	CARDINALE.
Eau	1 pinte.	1 pinte.	1 pinte.
Acide carbonique	1/4 de son vol.	1 f. et 1/4 de s. v.	2 fois son vol.
Carbonate de chaux	1/4 de grain.	3/4 de grain.	3/4 de grain.
Carbonate de fer	1/8 —	1/2 —	5/6
Chlorure de sodium	3/4 —	5/8 —	6/10 —
Sulfate de chaux	1/3 —	1/2 —	1/2 —
Chlorure de magnésium	1/5 —	1/8 —	1/5 —
Chlorure de silicum	1/16 —	1/12 —	1/6 —
Sulfate de magnésie		2/8 —	3/10 —

L'analyse de M. Robert, dont le travail fut considéré comme un œuvre remarquable, ne pouvait pas être plus exacte à l'époque où elle eut lieu ; mais, comme ses résultats concordaient assez bien avec ce qu'on savait de la composition de la plupart des

eaux ferrugineuses, et expliquaient naturellement
les différentes propriétés de ces eaux, on la regardait comme suffisamment complète. Il était évident
toutefois que la question des flocons ferrugineux n'é-
tait pas résolue au point de vue de la composition
chimique, lorsque en 1845, M. le professeur Chevalier, visitant les eaux de Forges, crut reconnaître dans
les flocons surnageant dans les bassins, et quelques
jours plus tard, constata positivement par l'examen
qualitatif, la présence du crénate et de l'apocré-
nate de fer, dont l'existence a été signalée pour la
première fois dans les Eaux minérales de Porla
(Suède) par Berzélius. Une nouvelle analyse devenait dès lors nécessaire : le ministre de l'agriculture et du commerce voulut bien l'ordonner, et
l'Académie de médecine désigna pour l'opérer, M. le
professeur Henry, chef de ses travaux chimiques
qui se rendit à Forges et fit à l'établissement même
l'opération qui lui était confiée.

M. Henry admet comme résultat de son analyse
chimique pour l'eau intacte des trois sources d'eaux
minérales de Forges la composition suivante :

Pour 1,000 grammes d'eau *intacte* prise à son point d'émergence.

SUBSTANCES MINÉRALISANTES.	SOURCE CARDINALE.	SOURCE ROYALE.	SOURCE REINETTE.
Principes volatils.			
Azote avec oxygène, traces.	Peu.	Peu.	Peu.
Acide carbonique libre. .	litre. 0,225 millil. 115 vol.	Litre. 0,250 millil. 114 vol.	Litre. 0,166 millil 116 vol
Bicarbonate de chaux. . .	gramm. 0,0761	gramm. 0,0934	gramm. 0,1005
— de magnésie.			
Principes fixes.			
Chlorure de sodium. . . .	0,0120	0,0170	0,0540
— de magnésium. .	0,0030	0,0080	0,0300
Sulfate de chaux.	0,0400	0,0240	0,0100
— de soude	0,0060	0,0100	0,0060
— de magnésie. . . .			
Nitrate magnésien.	»	Indices.	»
Crénate alcalin (potasse). .	0,0020	0,0020	Traces.
Silice et alumine.	0,0330	0,0340	0,0380
Sel ammoniacal (carbonate sans doute)	Sensible.	Traces.	Traces.
crénate de protoxide de fer.	0,098 0 (1)	0.0670 (2)	0,0220 (3)
— de manganèse. . . .	Traces.	Traces.	Traces.
Sels	0,2701	0,2554	0,3605 (4)
Eau pure.	999,9299	999,7499	999,6345
	1000,0000	1000,0000	1000,0000

(1) Représente fer métallique. 0,0588
(2)   —   —   0,0402
(3)   —   —   0,0105
(4) L'augmentation des sels vient de l'addition de l'acide carbonique qui constitue les *bicarbonates.*

On voit, par l'exposé du résultat des deux analyses chimiques opérées à la distance l'une de l'autre de 35 ans, la différence qui existe entre elles en
ce qui concerne le sel essentiellement minéralisa-
teur et caractéristique de ces sources d'Eaux minérales. Il reste définitivement acquis à la science que
celui-ci est un crénate de protoxyde de fer (crénate
ferreux) complétement dissous dans ces eaux à leur
point d'émergence.

Nous avons dit que l'eau des trois sources réunies, pour se rendre dans un bassin situé sous l'établissement, parcourait un canal souterrain voûté
en briques. Dans ce trajet elle laisse un dépôt dont
l'abondance étonne toujours les personnes qui le
voient. L'examen de ce dépôt devenait très-impor-
tant, considéré qu'il était, comme le représentant
du principe *spécial ferrugineux* des eaux de Forges,
dans un état, on peut dire, *plus concentré*, où il
était alors plus facile d'en bien connaître la nature.

Après une série d'opérations minutieuses, M. Henry
a reconnu que ce dépôt, ne contenant qu'une trace
insignifiante d'acide carbonique, se composait pour
cent parties amenées à l'état sec, savoir :

Matière organique (acides crénique et apocrénique) 14,7
Sesquioxyde de fer avec traces de manganèse. . . 81,1
Salle ou mica, carbonate de chaux et conferves. . 4,2

C'est ce composé qui fait la base des eaux ferrugineuses de Forges-les-Eaux. Il existe *primitive-*

ment dans l'eau à son point d'émergence à l'état de *proto-crénate* soluble ou dissous à la faveur d'un excès d'acide carbonique : aussi cette eau est-elle parfaitement limpide et transparente ; mais, lorsqu'elle reste exposée un certain temps à l'air et à la lumière, et surtout qu'elle est entravée dans son cours, ce composé ferrugineux devient insoluble en passant à l'état de crénate ferrique (sesqui-crénate) et se dépose en flocons rougeâtres insolubles (1).

Les eaux de Forges ne contiennent pas la moindre trace d'arsenic, ainsi que l'ont démontré les expériences de M. le professeur Chevalier, et les recherches multipliées de M. Cisseville (2).

Comparaison des Eaux de Forges avec d'autres Eaux ferrugineuses.

Les analyses ont montré que les Eaux de Forges sont des Eaux exclusivement ferrugineuses ; à part le fer, la chimie n'y constate que les sels les plus insignifiants et aux doses les plus minimes ; 25 centigrammes par litre, y compris le composé ferrugineux ; c'est moins de matériaux que n'en contient

----

(1) Depuis une vingtaine d'années et sur l'avis de M. le professeur Chevalier on utilise ce produit comme *succédané* de l'eau minérale elle-même dans les cas où les malades voudraient en faire usage au loin, ou ne pourraient aller prendre ces eaux sur place. M. le professeur Henry a approuvé cette idée, car ce dépôt représentant assez bien le *produit naturel spécial des eaux de Forges*, et sa composition chimique étant connne, il devient facile en médecine d'en préciser l'emploi.

(1) Note manuscrite do M. Cisseville.

l'eau dont nous buvons à nos repas, et qui sert à tous nos usages domestiques. Sous ce rapport, Forges est donc un type dans la classe des eaux ferrugineuses, c'est-à-dire de celles où, « tandis que le fer y existe en proportion thérapeutique, les autres principes s'y trouvent en proportion trop faible pour imprimer à ces eaux des caractères spéciaux » (1).

Si maintenant nous les opposons aux sources ferrugineuses les plus fréquentées, à Spa, à Schwalbach, minéralisées par le carbonate de fer, nous trouvons qu'elles supportent avec avantage la comparaison.

	SPA (2) (Pouhon).	SCHWALBACH (3) (Source Weinbrunnen).	FORGES (Source Cardinale).
Sel de fer	0 gram. 071	0 gram. 057	0 gram. 098
Total des différ. sels.	0 — 631	1 — 558	0 — 270
Acide carbon. libre..	1 litre 080	1 litre 368	0 litre 225

On voit par ce tableau que les eaux de Forges (4) sont plus riches en fer que celles de Spa et de

(1) Durand-Fardel, *Traité thérapeutique des eaux minérales*, p. 226 ; 1857.

(2) *Analyse de Plateau*, 1830.

(3) *Analyse de Frésenius.*

(4) Il est regrettable que la quantité de fer contenue dans les eaux ferrugineuses n'ait pas toujours été évaluée en fer métallique. M. Henry a noté, pour Forges, que 0,098 de crénate de protoxyde de fer, représentaient 58 milligr. de fer métallique. Cette estimation n'a pas été faite pour les Eaux de Spa. Cependant M. Fontan dit que le Pouhon, le plus riche en fer, en contient à peine 5 centigrammes.

Schwalbach : elles contiennent, il est vrai, moins
de gaz acide carbonique libre; est-ce là une cause
d'infériorité? Beaucoup l'admettent; mais c'est une
opinion *à priori*, basée sur l'analogie et non sur
l'observation directe. Dans une série d'expériences
sur les eaux de Forges, nous avons employé l'eau
de la Cardinale saturée de gaz, et nous n'avons reconnu à ce mode d'administration aucun avantage.
Les eaux de Spa et de Schwalbach rachètent-elles
leur moindre force en fer par la nature du composé qui les minéralise; en un mot, le carbonate
de fer vaut-il mieux que le crénate? Nous ne
sommes pas en mesure de répondre à cette question. Disons toutefois que M. Fontan (1) regarde
le crénate de fer comme bien plus facilement assi-
milable et plus actif que le carbonate, et qu'il n'hé-
site pas à expliquer par sa présence dans l'eau de
la Géronstère à Spa, ce fait bien connu que cette
source moitié moins riche en fer que le Pouhon, est
cependant plus énergique.

L'établissement thermal.

L'établissement des bains, construction nouvelle,
est placé au milieu d'un grand et beau parc traversé par la rivière d'Andelle. C'est un bâtiment
rectangulaire élégant et élevé sur pilotis, à 2 mètres et demi du sol. Il se compose de plusieurs salles

(1) Fontan, *Recherches sur les eaux minérales*, 2e édition, p. 199 ;
1853.

de réception, fraîchement décorées, dont une à
usage de bibliothèque, une deuxième très-vaste,
servant de salle de bal, ou de concert, et au besoin
de salle de spectacle ; une troisième contenant un
billard. Sur chacune des faces latérales se trouve une
aile renfermant les cabinets de bains et les appareils pour les douches et l'hydrothérapie. Un côté
est destiné aux hommes et l'autre aux dames ; l'établissement contient ainsi seize cabinets. L'eau des
trois sources, destinée à l'usage des bains et des
douches, est recueillie dans un réservoir en briques, spacieux, profond, couvert et placé sous le bâtiment. On la fait monter, au moyen d'une pompe,
dans un autre réservoir en zinc, situé en dehors et
au-dessus des ailes, d'où elle est dirigée dans une
chaudière qui lui communique le degré de chaleur
nécessaire, à l'aide du mode habituel de chauffage.
C'est là, il faut bien le reconnaître, un détestable
procédé. L'eau minérale ainsi chauffée à feu nu
laisse déposer à peu près tout son fer. On cher-
che à remédier à cet inconvénient en tenant toujours à la température de l'ébullition l'eau qui doit
échauffer les bains, de façon à n'en mettre pour le
préparer que la plus faible quantité possible. Nous
sommes d'ailleurs autorisé à dire que ce mode vi-
cieux de chauffage doit bientôt disparaître, et être
remplacé par des procédés plus en harmonie avec
les besoins de l'établissement et les progrès de la
science et de l'industrie.

Les conditions de la cure.

Époque. — A Forges-les-Eaux, la saison minérale commence d'habitude en juin et se prolonge
jusqu'à la fin de septembre. Les mois les plus fré-
quentés sont juillet et août; mais les mois de mai
et de septembre sont tout aussi favorables pour la
cure. Le mois de septembre se fait en général remarquer par la constance du beau temps, qui est
magnifique à Forges dès le matin, tandis que les
autres villages du pays de Bray sont quelquefois
enveloppés par le brouillard jusque vers les dix
heures. Il est vrai qu'à cette époque les matinées
sont déjà fraîches, mais cela n'a aucun inconvénient, car on n'est nullement obligé de boire les
Eaux dès la pointe du jour.

Nous avons dit les conditions climatériques et
géographiques de Forges-les-Eaux; en été la température est assez semblable à celle que l'on rencontre sur les bords de la Manche, à Dieppe, par
exemple, dont le pays n'est guère distant que d'une
dizaine de lieues; elle y est cependant plus douce,
protégé qu'est le bourg par son heureuse exposition sur le versant d'un monticule qui l'abrite des
vents du nord. Pendant la belle saison la chaleur est
souvent très-grande à midi, mais elle n'est jamais
ni si lourde ni si pénible qu'en plaine, car l'atmosphère est purifiée et tempérée par la présence de
hautes haies qui couvrent le pays et par le courant

rapide des rivières qui l'arrosent; mais les premières heures de la matinée sont souvent fraîches ainsi que les soirées. Il est donc nécessaire que les malades, en venant à Forges, soient munis de deux espèces de vêtements. Ils ont besoin d'un vêtement un peu chaud pour sortir le matin et il leur faut un habillement plus léger pour la chaleur du milieu de la journée.

Agents de la cure. — Les eaux de Forges se prennent en boisson, en bains et en douches; c'est toujours le matin, à jeûn, et immédiatement après leur lever que les baigneurs doivent descendre aux fontaines pour y boire les eaux. Ils la prennent pure et à la température des sources; quelques-uns cependant la coupent avec de l'eau de la Royale tiédie; en même temps ils font un peu d'exercice. On débute en général par la Reinette, puis on passe à la Royale, et l'on termine par la Cardinale; mais cette règle est sujette à beaucoup d'exceptions. La quantité d'eau à boire varie également selon la constitution du buveur, la nature de la maladie, l'état des organes digestifs et suivant qu'il est nécessaire d'agir sur tel ou tel organe sécréteur. On commence habituellement par deux ou trois verres et on monte progressivement jusqu'à six et même douze et plus dans certains cas. Le premier repas se fait trois quarts d'heure à une heure après l'ingestion du dernier verre. La coutume à Forges est de déjeûner à dix heures et de souper à cinq heures. La nourriture est à peu près exclusivement composée de viandes rôties et succulentes. Le traitement externe consiste en bains, douches générales, douches locales, injections, et en pratiques hydriatriques. Bien que, d'après les expériences physiologiques faites jusqu'ici sur les bains, les sels ferrugineux solubles ne paraissent pas être absorbés par la peau, il n'en est pas moins prouvé par l'observation de chaque jour que les bains ferrugineux sont un puissant auxiliaire du traitement interne. On sait quelles ressources l'on trouve pour le traitement des maladies chroniques, dans l'emploi bien combiné des bains et des douches, ainsi que dans l'hydrothérapie, et c'est un point sur lequel nous n'avons point à insister; nous ferons seulement remarquer que l'établissement de Forges se trouve placé dans des conditions exceptionnellement favorables pour l'application de l'hydrothérapie, grâce à la basse température de ses eaux (6° 1/4 pour le bassin commun), température absolument constante, qui n'est pas plus influencée par les chaleurs de l'été que par les grands froids de l'hiver. Nous ne pensons pas qu'il existe en thérapeutique, en fait de médication tonique, de moyen aussi énergique que cette hydrothérapie ferrugineuse qui laisse de bien loin derrière elle l'hydrothérapie vulgaire, et même l'hydrothérapie maritime.

Durée de la cure. — Elle est, on le conçoit, essentiellement variable, ici, comme ailleurs, la saison classique est de 21 jours; mais il est souvent nécessaire de la prolonger plus longtemps. Lorsque les malades font plusieurs saisons, on a soin de mettre entre chacune d'elles quelques jours d'intervalle, pour donner du repos aux organes digestifs.

Propriétés médicales.

Nous avons vu que les sources de Forges étaient des eaux exclusivement ferrugineuses, minéralisées seulement par le crénate de fer; il est facile de prévoir, d'après cette composition, quelles sont leurs propriétés médicales et leurs usages. Ce sont des Eaux essentiellement toniques, réunissant au plus haut degré les vertus analeptiques et hématopoiétiques aux vertus névrosthéniques. Elles sont employées et produisent les plus heureux effets dans tous les cas où est indiquée la médication ferrugineuse.

Il semble après cela que nous pourrions nous arrêter et terminer ici ; mais, chacun le sait, en fait de thérapeutique thermale, les résultats de l'observation clinique contredisent et démentent parfois les suggestions de la chimie, et précisément l'expérience a montré, depuis des siècles, que les Eaux de Forges ont une grande efficacité dans des maladies chroniques qu'on ne traite pas ordinairement par les martiaux et qui, vraisemblablement, seraient aggravées par l'emploi de différentes préparations ferrugineuses de la pharmacie. Ces raisons nous forcent à entrer dans quelques détails. Bien que nous n'ayons pas l'intention, dans cette courte notice, d'exposer, même d'une façon succincte, les phénomènes physiologiques et les effets pathogénétiques produits par les Eaux de Forges, nous ne pouvons passer sous silence quelques-unes de leurs propriétés les plus saillantes. Nous parlerons seulement de leurs vertus stomachique et diurétique.

Un des premiers effets de l'usage interne des Eaux de Forges est le développement de l'appétit, qui devient bientôt excessif et se change quelquefois en véritable boulimie. C'est là un phénomène constant qu'on remarque chez tous les buveurs, quelle que soit la maladie qui les ait amenés à Forges, pourvu que les Eaux soient bien prises et qu'il n'existe pas de contre-indication à leur emploi. Chaque année l'on voit des malades, principalement des femmes nerveuses et des enfants, arrivant à Forges avec une inappétence complète, absolue ; un dégoût, une répugnance insurmontables pour toute espèce d'aliments, ne vivant depuis des mois que de potages, recouvrer l'apppétit *dès les premiers jours* de la cure. Et cet accroissement de l'appétit ne serait pas sans inconvénients, s'il n'était accompagné d'un développement parallèle de la puissance digestive ; mais heureusement, malgré le peu de modération que la plupart mettent en général à satisfaire ce besoin renaissant, malgré les incroyables excès qui se commettent parfois à *table d'hôte*, les digestions restent bonnes, l'estomac reprend toute sa vigueur, et il est tout à fait exceptionnel de rencontrer une indigestion.

Les eaux de Forges sont aussi remarquables par leur action diurétique; très-peu de temps après avoir bu, le malade est forcé de *rendre ses eaux*, comme l'on dit, et même ce besoin, par la fréquence de son retour, est un des ennuis de la cure. Il résulte de nos expériences que la quantité d'urine rendue l'emporte de beaucoup sur celle d'eau ingérée. Ces eaux sont ainsi parfaitement appropriées aux exigences de la médication diurétique ; elles agissent vite et peuvent être supportées à des doses énormes. Les médecins des deux derniers siècles, qui recherchaient souvent cette diurèse, ne craignaient pas d'administrer dans une matinée 12, 16 livres d'eau et plus. Nous connaissons peu d'Eaux minérales qui puissent, sous ce rapport, entrer en comparaison avec la source Cardinale.

Cette facile digestibilité des eaux de Forges, lorsqu'elles sont bien prises et que rien ne les contre-indique, et leur innocuité, même lorsqu'on les prend ainsi à l'excès, est un des points les plus caractéristiques de leurs propriétés. Il y a long-temps qu'on a remarqué qu'elles ne produisent pas, chez les personnes qui en font usage, les accidents qui accompagnent ordinairement l'emploi des fer-rugineux. Notre prédécesseur, M. Cisseville, attribuait ce fait à la présence des acides organiques (crénique et hypocrénique) qui, disait-il, « par leur

combinaison avec l'oxyde de fer, en modifient les
propriétés médicales, en ce sens qu'ils neutralisent
sa qualité souvent trop astringente et trop stypti-
que, tout en lui conservant son action tonique et
fortifiante sur l'économie. » Quoi qu'il en soit de
cette théorie, il est établi par un grand nombre
d'observations que les eaux de Forges sont tolérées
par des sujets irritables qui n'avaient pu jusque-là
supporter d'autres préparations ferrugineuses, et
l'on voit chaque année les mêmes eaux réussir dans
des cas où les martiaux bien indiqués, employés
avec persévérance et bien supportés, n'avaient
néanmoins produit aucun bon résultat.

Les eaux de Forges ont été administrées avec
succès dans un très-grand nombre de maladies ; à
l'époque de leur plus grande vogue, on les regardait comme une panacée propre à guérir presque
tous les maux. « De ce grand nombre de personnes
qu'on voit aux sources, écrivait Linand (1) en 1697,
à peine en trouve-t-on deux, si on excepte ceux
qui sont attaquez de la pierre, dont le nombre est
toujours assez grand, pendant toute la saison des
eaux ; à peine, dis-je, en trouve-t-on deux en mesme
temps qui ayent la même indisposition ; aussi,
ajoute-t-il, il serait plus aisé, et on aurait peut-
être plutôt fait, de dire quels sont les maux aux-
quels les eaux minérales de Forges ne sont pas propres, que de faire le détail de tous ceux qu'elles

(1) Linaud, *Nouveau traité.* etc., p. 17 ; 1697.

guérissent. » On comprend, en effet, qu'il n'existe
guère de maladie, tant aiguë que chronique,
qui ne puisse présenter à un moment de son évolu-
tion l'indication des ferrugineux, et nous n'avons
pas le courage de transcrire ici la longue énumération de celles qui ont ainsi bénéficié de l'usage des
eaux de Forges. Du reste, les progrès de la médecine moderne et les admirables découvertes de l'hé-
matologie, en faisant connaître l'anémie et en défi-
nissant la cachexie, ont rendu cette tâche bien
inutile : les eaux de Forges produisent les plus
heureux effets dans les états morbides où l'élément
globulaire, c'est-à-dire l'élément ferrugineux du
sang fait défaut, dans tous les cas où, sans trouble
fonctionnel apparent, la nutrition, *la faculté d'assi-
miler* est troublée. Mais ces Eaux n'ont pas seulement des vertus toniques et hématopoiétiques ; si
simple que paraisse leur composition, la médication thermale dont elles sont l'agent est bien
plus complexe et son rôle plus étendu ; après cette
indication générale, nous devons donc faire ressor-
tir ce qu'il y a de plus *spécial* dans leur thérapeutique.

Voies digestives. — Ces eaux sont employées avec
succès dans la débilité profonde des voies digestives produite par de longues fièvres, continues ou
intermittentes, alors que les symptômes d'irritation
intestinale ont cessé et qu'il ne reste plus qu'une
faiblesse organique avec pâleur des tissus.

Nous avons dit qu'elles étaient stomachiques; en tout temps on les a employées contre les différents maux d'estomac et les dyspepsies ; mais ici il importe de bien distinguer; elles conviennent dans les cas de dyspepsies *primitivement* atoniques, asthéniques, quelle qu'en soit d'ailleurs la manifestation symptomatique. Le type de ces cas est fourni par des femmes nerveuses, chez lesquelles il semble que les fonctions gastriques soient anéanties; on dirait que la muqueuse de l'estomac est anesthésiée, comme le sont la peau et les muqueuses extérieures. C'est ici que les eaux de Forges font véritablement merveille, on les voit ramener en quelques jours l'appétit et la digestion, alors que les toniques les plus énergiques, les amers les plus actifs ont échoué.

Il n'en est plus de même et nos Eaux sont généralement contre-indiquées dans les dyspepsies *cum materia*, où l'atonie est secondaire et liée à l'existence actuelle d'une affection de l'estomac, comme dans les états muqueux chroniques, dans les dyspepsies de sujets dartreux, arthritiques; dans ce que les Allemands nomment le catarrhe gastrique et les Anglais la dyspepsie irritative. Non pas que dans les différentes périodes de ces dyspepsies il n'arrive quelquefois un moment où il est indiqué d'exciter et où les ferrugineux ne produisent de bons résultats, mais c'est là une indication accidentelle, et notre médication thermale ne donne plus les brillants succès qu'elle donnait dans les autres cas.

Les eaux de Forges sont indiquées à divers titres
et fournissent les meilleurs résultats dans la diar-
rhée et la dysentérie chroniques. « En 1768, toute
la population de Forges tourmentée par une diar-
rhée ancienne, se guérit en buvant uniquement de
la Reinette. » (1) Le même traitement fut opposé
avec le même succès en 1812 à une épidémie de
dysentérie. — Notre prédécesseur, M. Cisseville,
auquel une expérience de quarante-cinq années de
pratique à Forges, avait donné une connaissance
approfondie de ces eaux, pensait que, dans le cas de
dysentérie chronique avec engorgements viscé-
raux, contractée dans les pays chauds, l'eau de la
Reinette constituait le meilleur traitement possible,
dont on pouvait dire *nullum simile aut secundum*.

Maladies des femmes. — C'est surtout au traitement des différentes maladies des femmes que les
eaux de Forges doivent leurs plus éclatants succès.
S'il est vrai que *la chlorose domine la pathologie de la
femme*, on peut dire avec non moins de raison que
le fer en domine la thérapeutique. Et ici, le fond l'emporte sur la forme, les accidents les plus dissembla-
bles, les plus opposés, éprouvent les mêmes bienfaits des ferrugineux. Aménorrhée, dysménorrhée,
ménorrhagie, accidents de la puberté et de la mé-
nopause ; affections utérines *chroniques* : nerveuses
inflammatoires, catarrhales : il semble que tous ces

(1) Cisseville; *Notice*, etc, p. 5.

accidents sont entretenus par la même cause et le plus communément par *une maladie à fer*. Ces cas sont le triomphe des eaux de Forges; elles amènent souvent une guérison solide, chez des sujets qui ont pris pendant longtemps, sans avantage ou sans succès durable, les préparations ferrugineuses ordinaires, et elles constituent une ressource précieuse dans les circonstances si fréquentes où l'estomac trop irritable ne peut supporter les martiaux de la pharmacie. On connait la grande réputation de ces eaux dans le traitement de la stérilité ou, si l'on veut, des maladies qui en sont la cause ordinaire. Signalons aussi leur efficacité pour prévenir le retour de ces fausses couches remarquables chez certaines femmes par leur fâcheuse tendance à se reproduire, alors qu'elles ont eu lieu une première fois. « Nous ne nous rappelons pas avoir vu dans ces cas un seul exemple de non-réussite, » écrivait M. Cisseville.

Maladies du système nerveux. — Un grand nombre de névroses nécessitent l'administration des ferrugineux. Ceux-ci, le plus souvent, les guérissent en modifiant la crase du sang, *sanguis moderator nervorum*; mais les succès qu'ils donnent dans des affections où il n'existe ni chlorose, ni anémie, et la rapidité avec laquelle ils opèrent, montrent qu'ils ont encore d'autres modes d'action. Le fer, en effet, n'est pas seulement un agent d'hématopoïèse; il exerce aussi une action toute spéciale sur le système nerveux; et sans y rattacher la vertu antifébrile attribuée à certains ferrugineux (le sulfate de fer, par exemple, qu'un bon auteur, Marc, regardait comme aussi efficace à la dose de 4 grammes, que le quinquina), on sait qu'en Angleterre depuis les travaux d'Hutchinson (1820), le carbonate de fer à haute dose est devenu le traitement vulgaire, banal, du tic douloureux et même de toutes les névralgies indistinctement : son action est alors rapprochée de celle du sulfate de quinine et de l'arsenic, et telle est la confiance que les médecins anglais ont en la puissance hyposthénisante de cet agent, qu'ils ne craignent pas de l'employer comme sédatif, à des doses énormes, contre les affections les plus graves du système nerveux. Comme exemple de ces exagé-rations, je pourrais citer une observation d'El-lioston (1), qui guérit un tétanique en lui faisant prendre « rien moins que un demi-kilogramme de fer dans une journée » et cela pendant près d'une semaine. Or cette action spéciale sur le système ner-veux, qu'on a tant de peine à obtenir des prépara-tions pharmaceutiques, on y arrive rapidement et sûrement par l'emploi des eaux de Forges. Nous avons dernièrement présenté à la Société d'hydro-logie une série d'observations (vomissements ner-veux, gastralgie, entéralgie, névralgie faciale, né-vralgie générale, insomnie, nervosisme, etc.), dans lesquelles on voit les symptômes nerveux s'amender,

_____

(1) *Annales d'Omodei*, 1834. L'observation est rapportée dans le *Traité de mat. méd.* de Giacomini.

puis disparaître dès les premiers jours de la cure
et bien avant qu'il soit possible d'imaginer une
modification dans la crase du sang. Ces faits qui
nous avaient grandement surpris, mais qui s'expli-
quent par la rapidité avec laquelle les eaux de
Forges provoquent cette action sédative des ferrugineux sur le système nerveux, ces faits, dis-
je, montrent que, dans le traitement des maladies nerveuses, l'indication des ferrugineux, ou
du moins des Eaux de Forges, ne doit pas se tirer
uniquement de l'état du sang. Quoi qu'il en soit,
on compte depuis longtemps au nombre des maladies qui se guérissent à Forges, les vomissements
nerveux des jeunes femmes et les névroses doulou-
reuses du tube digestif; l'hystérie vaporeuse et
l'hystérie convulsive; et enfin, cet état particulier
du système nerveux décrit autrefois sous le nom de
mobilité nerveuse, auquel on a donné de nos jours
le nom de *nervosisme*.

Les eaux de Forges sont aussi employées avec
avantage dans certaines paralysies; malheureusement leurs indications dans ces cas ne sont pas
toujours faciles à apprécier. Que ces eaux réussis-
sent dans les paralysies hystériques, chloro-ané-
miques; dans la paralysie diphthérique, dans celles
qui accompagnent la convalescence de certaines maladies aiguës, en un mot dans les paralysies *dyna-
miques, fonctionnelles*, cela n'a rien d'étonnant, mais
elles ont procuré des succès inespérés dans des cas
de paralysie ancienne (hémiplégie, paraplégie, affai-
blissement général de la motilité), *paraissant* liées à

une affection organique des centres nerveux. Ainsi
M. Cisseville, dans un mémoire couronné par l'Académie de médecine en 1863, a donné la relation de
plusieurs cas de paralysies graves, supposées organiques, durant depuis plusieurs années, qui ont
trouvé à Forges une guérison radicale, et tout à
fait inattendue. Ces faits sont d'autant plus inté-
ressants que la plupart ont trait à des hommes, et
que le diagnostic, ramollissement cérébral, avait
été porté par les praticiens les plus compétents
(MM. Barbier d'Amiens, Padieu d'Amiens, Rostan
et Marjolin père, Parchappe, etc.). « On ne saurait,
remarque M. le professeur Tardieu, trop multiplier
ces exemples, qui peuvent servir à éviter l'une des
erreurs les plus fréquentes dans la pratique médicale » (1).

Maladies des organes urinaires. — Dès les premiers
temps de leur découverte, les eaux de Forges se
sont acquis la réputation de guérir la *pierre*. Pendant plus de deux siècles, ce fut là leur *spécialité*,
et, certes, voilà un résultat que ne laisse guère
soupçonner la connaissance de leur composition
chimique. Nous avons dit qu'en 1633, le cardinal
de Richelieu vint à Forges se guérir de sa gravelle.
En 1697, Linand nous apprend que : « de ce grand
« nombre de personnes qu'on voit aux sources, à
« peine en trouve-t-on deux en même temps, qui
« ayent les mêmes indispositions; si l'on en excepte

(1) *Mémoire de l'Acad. imp. de méd.*, t. XXVI.

« ceux qui sont attaquéz de la pierre, dont le nom-
« bre est toujours assez grand pendant la saison
« des eaux. L'expérience fait voir, ajoute-t-il, que
« les eaux de Forges sont d'une vertu si singulière
« pour les suppressions d'urine, les coliques né-
« phrétiques, la pierre et la gravelle, qui en sont
« les causes les plus ordinaires, les ardeurs ou
« acretez d'urines, qu'on peut assurer qu'il n'y
« a point de meilleur remède pour ces sortes de
« maux. » Il ne craint pas de comparer leur action,
dans ces cas, à celle de quinquina dans les fièvres
intermittentes.

Larouvière, médecin du Roy et Intendant des
eaux, qui écrivait quelques années plus tard, remarque aussi « qu'une grande partie des malades
« qui viennent à Forges sont affectés de la gravelle,
« coliques néphrétiques, difficultés d'uriner, etc. »
Cet auteur rapporte six observations d'affections
calculeuses des voies urinaires, dans lesquelles les
malades ont trouvé à Forges une guérison complète
dès leur premier voyage. C'est de cette cruelle maladie, à laquelle les prédispose naturellement leur
vie sédentaire, qu'étaient atteints la plupart de ces
« religieux, de ces moines de toutes les couleurs »,
dont parle Mme de Montpensier, dans ses Mémoires (1). La tradition a conservé dans les monastères
le souvenir de ces propriétés curatives des eaux de
Forges, où l'on voit encore, de temps en temps, des

(1) Voyez à l'*Historique*.

religieux venir chercher *sua sponte* un remède à la maladie dont nous parlons. — Nous avons vu, l'année dernière, deux buveurs qui avaient été guéris de coliques néphrétiques et de gravelle, après une seule saison passée à Forges, et qui revenaient prendre les eaux par précaution. Ces malades avaient vainement demandé leur guérison à d'autres thermes (Vichy, Contrexeville), où ils n'avaient trouvé qu'un soulagement temporaire. Malheureusement, en l'absence d'un examen direct, nous n'avons pu savoir quelle était, au juste, la composition des graviers rendus. Il est vraisemblable que, dans ces cas, les eaux de Forges opèrent de deux façons différentes : par leurs vertus éminemment diurétiques, elles agissent localement sur les voies urinaires ; elles modèrent l'irritation des canaux excréteurs, et finalement provoquent l'expulsion des concrétions ; en tant que préparation ferrugineuse, elles remédient aux troubles de la digestion, dont le dérangement est la cause ordinaire des altérations dans la composition de l'urine et de l'affection calculeuse. Ajouterons-nous, avec la plupart des auteurs, que les eaux attaquent, désagrégent et tendent à dissoudre les pierres? Cette action doit être bien insignifiante, si tant est qu'elle existe réellement(1). C'est probablement de la même

(1) Un des malades dont j'ai parlé m'affirmait que les graviers qu'il rendait paraissaient attaqués à leur surface, et comme corrodés lorsqu'on les laissait macérer pendant quelque temps dans l'eau de la Cardinale.

façon qu'agissent les eaux de Forges dans les ca-
tarrhes de la vessie. — L'expérience a montré que
l'incontinence nocturne d'urine des enfants cédait
parfois à l'usage de ces eaux. C'est une ressource
de plus à enregistrer dans le traitement d'une affection qui résiste si souvent aux soins des parents
et aux efforts du médecin. — Enfin, pour terminer
ce que nous avons à dire de *spécial* sur les usages
thérapeutiques de l'eau de Forges, nous mention-
nerons l'heureux parti qu'on a tiré de leur emploi
externe, en lotions, irrigations, injections et douches dans les cas d'ulcères atoniques, scrofuleux et
scorbutiques, dans les trajets fistuleux, dans l'o-
zène, etc.

FIN

A. PARENT, imprimeur de la Faculté de Médecine, rue Mr-le-Prince, 31

223

www.ingramcontent.com/pod-product-compliance
Lightning Source LLC
Chambersburg PA
CBHW060813180626
46818CB00002B/817